LES OPINIONS SONT LIBRES.

PRIX, 30 CENTIMES.

PARIS,

Chez CORRÉARD, libraire, Palais-Royal, galerie de bois.

29 avril 1820.

LES OPINIONS

SONT LIBRES.

1.

Il existe dans tous les grands états des portions de terri-
toire, si singulièrement favorisées par les localités ou les
circonstances, qu'elles renferment, de temps immémorial,
plus de liberté à elles seules que les vastes royaumes auxquels elles appartiennent. Ces heureuses provinces sont
comme des lieux d'asiles pour les franchises nationales :
les mœurs y sont si fortes, et la population tellement at-
tachée à ses usages, que les flatteries du pouvoir, ni ses
menaces, n'ont jamais pu dompter l'esprit indépendant
des habitans.

Tels sont chez nous le Dauphiné et la Bretagne. On sait
que c'est du Dauphiné que partirent les premières récla-
mations sérieuses contre les abus de l'ancien régime. On
connaît l'esprit récalcitrant des parlemens de la Bretagne,
et dernièrement encore, on nous rappelait que c'est à
Rennes, sous le nom modeste de *Chambres de lecture*,
qu'a été organisée la première réunion politique qui a
servi de modèle à toutes celles qui nous ont fait tant de
bien et tant de mal pendant la révolution. C'est encore en

Bretagne qu'ont été imaginées ces associations patriotiques, ces *fédérations* de citoyens qui, dans les circonstances difficiles, réunissent leurs forces, pour s'opposer à un danger dont le pouvoir central ne peut pas, ou ne veut pas les garantir. C'est en Bretagne que l'on a vu des jeunes gens emprisonnés illégalement, refuser obstinément la liberté qui leur était offerte comme une grâce, pour avoir la satisfaction de faire rendre aux agens de l'autorité un compte sévère de leurs actes; c'est en Bretagne, enfin, que la résistance légale à l'oppression paraît avoir été, de tout temps, le mieux comprise et le mieux pratiquée.

Rennes, ancienne résidence du parlement de la province, chef-lieu d'une académie, favorisée surtout par une école de droit célèbre, est comme le centre de la vie politique et scientifique de la Bretagne. La liberté, pour tous les Bretons, est un sentiment profond, un instinct; mais pour ceux de Rennes principalement, elle est encore un sentiment raisonné, une science. C'est un pauvre étudiant de Rennes, réuni à quelques jeunes gens de la même ville, qui, sans autres ressources que des connaissances et du patriotisme, a fondé le seul journal indépendant qui se lise dans toute la province, et qui, avant la censure, était sans contredit le mieux fait et le plus utile des journaux de département.

L'Echo de l'Ouest, c'est son nom, s'il a perdu de son intérêt, conserve au moins sa dignité; et si le pouvoir est assez fort pour l'empêcher de tout dire, il ne l'est pas assez du moins pour le forcer de parler. Mais il est probable que, dans les occasions importantes, ses rédacteurs se placeront à une tribune hors de la portée des censeurs, pour renouer avec leurs concitoyens un entretien que les circonstances les contraignent d'interrompre.

C'est ce qui vient d'arriver à l'occasion d'une scène dont

l'*Echo de l'Ouest*, encore libre, et tous les journaux de Paris, déjà censurés, ont parlé dans des termes fort différens. On se rappelle qu'à une revue de troupes dans la ville de Rennes, des cris de *vive la Charte!* sont venus scandaliser les oreilles toutes féodales d'un certain général, déjà célèbre par une autre revue, passée à Brest, immédiatement après la déroute des missionnaires. Les feuilles serviles ont vu tout naturellement, dans une pareille exclamation, une provocation à la révolte, un acte de rebellion, et se sont efforcées de représenter les jeunes gens de Rennes comme des révolutionnaires et des jacobins. L'un d'eux, sans doute pour disculper ses compatriotes, vient de publier à l'imprimerie de l'*Echo de l'Ouest,* une relation exacte et détaillée des faits.

Si l'on en croit l'historien, qui paraît fort sincère, les événemens du 30 mars avaient été préparés par l'étrange conduite d'un commissaire de police, qui s'est avisé d'arrêter un jeune homme surpris criant vive la Charte! pendant une revue précédente, sous prétexte que ce jeune homme *l'avait regardé avec insolence.* Cet acte d'autorité a soulevé les jeunes Bretons, et, à la revue du 30 mars, ils se sont réunis sur la place d'armes , par groupes de deux cents personnes, et ont répondu aux cris de la troupe, qui étaient *vive le roi long-temps! vivent les Bourbons toujours!* par ceux de *vive le roi! vive la Charte! vive la constitution! toute la constitution! rien que la constitution! point de lois d'exception.* Ces cris *séditieux* ont donné de l'humeur à M. le général qui, s'avançant vers les jeunes rebelles d'un air menaçant, s'est écrié à son tour d'une voix altérée *vive le roi! Vive le roi!* ont répondu les jeunes gens, mais *vive la Charte! toute la Charte!*

Alors a commencé un dialogue fort animé, où l'on a argumenté de part et d'autre, pour prouver que la charte est dans le roi , et le roi dans la Charte, et à la suite duquel les obstinés Bretons ont encore salué le général de leur vieux refrain : *Vive le roi ! vive la constitution ! toute la constitution, rien que la constitution ! point de lois d'ex-ception !* auquel même ils ont ajouté , comme pour aggraver leur crime : *Vive l'armée nationale ! vivent les défenseurs du roi et de nos libertés !* Remarquez , je vous prie, ce blasphème : *Vive l'armée nationale !* comme si une armée devait être nationale ! comme si les soldats devaient savoir autre chose que tourner à droite et à gauche à la voix de leurs chefs , et se rapp ler, qu'avant d'entrer au service , ils avaient une famille , des amis, une patrie, enfin ! Quoi qu'il en soit, ce cri impie a retenti de nouveau aux oreilles des troupes, au moment où elles défilaient, et il ne paraît pas qu'elles l'aient entendu avec la franche indignation que leur prête le *Drapeau blanc*, tant le cœur de l'homme est faible et ouvert à la corruption !

Après le récit pur et simple des faits, l'auteur entamme la justification de ses compatriotes , de manière à prouver qu'ils ne se repentent pas trop de leurs incartades. « Que l'on ait ajouté , dit-il , un cri d'indignation contre les lois d'exception , était-ce un crime , surtout lorsqu'aucune loi d'exception n'était encore promulguée parmi nous ? Et ces lois eussent-elles été promulguées , n'était-il pas permis , en s'y soumettant, de s'en plaindre et de demander qu'elles fussent retirées ?... J'ajouterai que le droit de se plaindre d'une mauvaise loi a été reconnu à une des dernières séances de la chambre. »

Voilà, disent les défenseurs de l'obéissance passive, une détestable doctrine sur le respect dû à la chose jugée , à la loi qui est aussi un jugement. Ces honnêtes gens oublient, sans doute, que tous les jours on casse des jugemens, on rapporte des lois , ce qui ferait croire que toutes les lois et tous les jugemens, observés tant qu'ils sont en vigueur, sont cependant soumis de droit à la critique publique; puisqu'il n'y a qu'elle qui puisse fournir des motifs pour les faire réformer. Il est plus facile, sans doute, de commander ce respect servile pour la loi que de la faire bonne. Il convient même, quand on est le plus fort, d'habituer les esprits à ne reconnaître, dans une loi, d'autre caractère de sa légitimité, de sa sainteté, que la formule qui la précède et celle qui la suit; car si on leur permettait d'en examiner la substance, si on les autorisait à joindre au caractère légal que l'homme borné, l'homme passionné, impose arbitrairement à la loi, un prétendu caractère moral qu'elle tient de la raison seule, il arriverait que ce serait à la raison et non à l'homme que l'on obéirait, et voyez la conséquence.

Mais les gens de Rennes ne reculent guère devant les conséquences. On leur a reproché, par exemple, d'avoir crié : *La Charte ou la mort!* « J'ignore si ce cri a été prononcé, répond le fier breton, mais s'il l'a été, j'en félicite les auteurs; ils ont exprimé avec énergie un sentiment qui les honore. »

On voit que l'on ne gagne rien à accuser de tels gens qui se font un mérite de leurs crimes. On les a menacés, dit-on, de leur ôter leur Faculté de droit : excellent moyen de les ramener aux habitudes serviles, s'ils n'étaient pas aussi avancés dans les voies de la rébellion. Mais il faut abandonner tout espoir de les réformer, lorsqu'on entend leur compatriote peindre ainsi l'esprit de ses concitoyens : « Ennemis de tout despotisme, de celui de l'ancien régime, comme de celui de l'empire, ils veulent le règne des lois, la sûreté des personnes et des propriétés, et un gouvernement protecteur de l'industrie : voilà ce qu'ils voulaient, il y a trente-deux ans, lorsque, les premiers en France, ils faisaient entendre le cri de liberté ; voilà ce que veulent encore aujourd'hui les jeunes Rennais, animés des sentimens qui dirigeaient leurs pères, et voilà ce qu'ils peuvent obtenir et ce qu'ils obtiendront sous la royauté contitutionnelle : que pourraient-ils désirer de plus ? »

Hélas ! voilà le vœu de toute la nation : que lui a-t-on accordé ?... Des lois de confiance !!!

II.

La censure s'est opposée à ce que l'article suivant fût nséré dans le *Constitituonnel.*

L'auteur de cette pièce y témoigne le désir que le système électoral actuel soit maintenu ; toutefois, en admettant que l'on puisse faire sortir de l'esprit de la charte deux degrés d'élection , il indique de quelle manière ces deux degrés devraient être établis.

Je ne me rends pas garant de l'opinion qu'il exprime, je dois dire même que je suis fort éloigné de l'espèce de transaction à laquelle l'auteur paraît consentir. Je pense que nous devons vouloir le maintien de la loi existante , d'abord parce que nous avons fait l'expérience de ses bons effets; et encore parce qu'il nous faut de la stabilité.

Cette pièce pourtant est l'œuvre d'un bon citoyen ; elle contient des vues qui se rattachent à des doctrines fort libérales. Cette seule considération pourrait me suffire pour la publier ; mais je la publie surtout , parce que je crois utile que toutes les opinions soient connues.

Article du Constitutionnel , rejeté par la censure.

Messieurs ,

Le ministère, fidèle au vœu de la France, repoussa, l'année dernière , l'attaque formée contre la loi des élections.

Pour prévenir le succès qu'une motion pareille à celle de M. Barthélemi pourrait avoir dans la chambre des pairs , si jamais elle y était reproduite , le roi trouva dans sa sagesse , un moyen qu'il jugeait péremptoire.

La France constitutionnelle applaudit avec la plus vive reconnaissance à cet acte de la puissance royale.

Ainsi , l'auteur de la Charte se prononça à cette époque d'une manière éclatante en faveur de la loi des élections.

Dans le gouvernement monarchique-représentatif, le roi ne peut errer ; et ce qu'il a de particulier à son essence, c'est que tout ce qui est bon, noble, grand, émane du trône, et que tout ce qui est imparfait, mauvais, inconstitutionnel est l'ouvrage exclusif des ministres.

C'est donc le ministère aujourd'hui qui veut renverser la loi des élections , pour la consolidation de laquelle le monarque, faisant un usage solennel, en 1819, de l'une de ses plus fortes prérogatives , augmenta d'un tiers le nombre des membres de la chambre haute. Défendre la loi des élections en 1820 , telle que nous l'avons , n'est donc que défendre une institution émanée du trône , acceptée par la nation , et que le trône a défendue contre la première attaque dirigée contre elle.

Je ne répéterai pas ici tout ce qui a été dit en faveur du système électoral introduit par cette loi, soit quand elle fut discutée en 1817 , soit quand elle fut attaquée en 1819 ; cette matière a été approfondie , on peut même dire , épuisée.

Notre profession de foi est connue ; mais pour ôter tout prétexte à la malveillance , nous répétons que nous sommes pour le maintien de cette loi telle qu'elle existe.

Cependant, puisque le ministère l'a attaquée, puisque dans le projet qu'il vient de présenter , il renouvelle le système abandonné, repoussé , des deux degrés d'élection , j'examinerai , 1º, si le projet du ministère n'est pas en opposition avec la Charte ,

2º Quel serait le mode qu'il y aurait à suivre , pour se conformer à ce que la Charte statue, dans le cas où la Charte admettrait les deux degrés d'élection.

Pour démontrer que le projet du ministère est contraire à la Charte , il n'y a qu'à lire l'article 40. Il porte : « Les « électeurs qui *concourent à la nomination des députés* ne « peuvent avoir droit de suffrage, s'ils ne payent une con- « tribution directe de 300 fr. , et s'ils ont moins de trente « ans ».

Dans la discussion qui eut lieu en 1817 , dont là loi des élections qu'on veut renverser aujourd'hui , fut le résul- tat, il fut reconnu que ces mots *concourent à la nomination,* ou nomment directement étaient identiques.

Je ne cite pas l'acception donnée à cette périphrase comme un antécédent irréfragable , puisque les adversai- res actuels de la loi , dont la plupart furent alors les plus ardens défenseurs , pourraient dire : « C'est parce que « nous fûmes dans l'erreur sur le véritable sens de ces « mots, que nous coopérâmes à faire rendre cette loi , « c'est parce que nous reconnaissons aujourd'hui que cette « erreur nous a fait concourir à l'émission d'une mauvaise « loi que nous en voulons le rapport ».

Mais, je le demande , concourir à la nomination des candidats parmi lesquels les députés doivent être choisis ensuite , est-ce une même chose que de concourir à la no- mination de ces mêmes députés ? Non certainement, car être éligible n'est pas être élu.

Le concours *à la nomination des députés,* d'après la Charte , est direct , immédiat ; et les auteurs du nouveau projet , assimileraient un futur possible , à un présent effectué. Le projet présenté par les ministres est mauvais, puisque les électeurs qui payent 3oo fr. de contribution ne nomment pas les députés, puisque les électeurs apparte~ nant à la grande propriété, forcés de choisir entre des candidats auxquels ils n'ont pu donner leur suffrage, sont dans la nécessité d'élire *députés* des citoyens qui peuvent ne pas avoir leur confiance : le peuple est étranger à la nomination des électeurs ; les électeurs de 3oo fr. ne nomment pas les députés ; les électeurs appartenans à la grande propriété, sont obligés de choisir d'après la conscience des électeurs de 3oo fr., des députés qui n'auraient pas leur confiance ; voilà, d'après ce projet, les Français sans droits politiques, et la France sans électeurs réels.

Il est donc constant que le projet de loi présenté par les ministres, viole ouvertement la lettre de l'article 40 de cette même Charte, et que sous ce premier rapport ce projet doit être repoussé comme inconstitutionnel.

Il est inutile d'insister davantage sur cette première question. Les mots qui expriment la chose sont dans la Charte ; l'existence du texte est physique.

Les adversaires de la loi actuelle, quoique la plupart d'entre eux en aient été, il y a trois ans, les principaux moteurs, ne pouvant argumenter d'après *la lettre qui les tue*, invoquent son *esprit* pour en être vivifiés.

Vain espoir, l'esprit de l'article 40 de la Charte anéantirait en même temps, avec la loi actuelle des élections, les espérances et le système du haut patriciat.

Dans cette seconde question je ne leur demande que de la bonne foi ; qu'ils en fassent usage avec moi, et l'aveu de leur défaite sortira de leur propre bouche.

Rappelons quelques faits positifs.

Lorsqu'en 1814 le roi rentrait dans sa patrie et reprenait le sceptre de ses aïeux, il refusa d'accepter l'acte appelé constitutionnel par le sénat, que ce corps présenta à sa majesté.

Quels furent les motifs de son refus ? les voici :

Quoique le monarque reconnût que les bases de cet acte qualifié constitutionnel, fussent *bonnes*, il pensa qu'un grand nombre d'articles *ne pouvaient, dans leur forme actuelle, devenir lois fondamentales de l'état*, parce qu'ils *avaient été rédigés avec précipitation ;* parce que résolu *d'adopter une constitution libérale*, il ne pouvait pas en accepter *une qu'il était indispensable de rectifier.*

La constitution faite par le sénat conservait dans le troi-sième paragraphe de l'article neuf *les colléges électoraux* qui existaient à cette époque , *sauf les changemens qui pourraient être faits par une loi à leur organisation.*

La Charte, qui parut bientôt après, exprima la pensée du législateur, en cette partie.

L'article relatif aux colléges électoraux de la constitu-tion faite à la hâte par le sénat, fut entièrement mis à l'écart par le législateur, et de toutes les anciennes consti-tutions qui avaient successivement passé sur la France, le monarque voulut adopter le régime électoral de celle de 1791 , en sextuplant la quotité de contribution exigée par cette première Charte, et en exigeant l'âge de trente ans, au lieu de vingt-cinq.

Mais , dans sa pensée , le législateur avait-il entendu que celui-là serait électeur de droit qui, âgé de trente ans, paierait une contribution directe de trois cents francs ? je ne le crois pas ; pour tirer cette conséquence de l'art. 40 , il faudrait conclure de l'article 38 que tous les citoyens qui paient mille francs de contributions directes, sont aussi membres, de droit, de la chambre des députés.

L'article 38 de la Charte porte en effet : « Aucun député « ne peut être admis dans la chambre, s'il ne paie une

« contribution directe de mille francs, et s'il n'est âgé de
« quarante ans. »

L'article 40 de cette même Charte ne spécifie-t-il pas
aussi que pour avoir *droit de suffrage* comme électeur, il
faut être âgé de trente ans, et payer trois cents francs de
contributions?

Si le législateur a entendu que pour *être admis dans la
chambre* il ne suffisait pas d'avoir quarante ans et de payer
mille francs de contribution, mais qu'il fallait en outre un
mandat de la part des électeurs, comment supposer que le
législateur ait entendu qu'un citoyen qui paierait trois cents
francs d'imposition directe, et qui serait âgé de trente ans,
pourrait avoir *droit de suffrage* sans avoir préalablement
reçu de ses concitoyens le mandat d'électeur?

Si *l'admission* dans la chambre des députés exige qu'on
ait été élu, comment pourrait-on avoir *droit de suffrage*
dans un collège électoral, si ce droit n'avait été préalablement conféré?

Mettez les articles 38 et 40 à côté l'un de l'autre, exa-
minez-les sans prévention, et vous demeurerez convaincu
qu'on ne peut pas plus être électeur *de droit*, que *député*.

Le législateur a donc entendu que le *droit* d'élire serait
reçu; pour qu'il soit reçu, il faut qu'il soit donné, et s'il
doit être donné, par qui doit-il l'être?

Dans l'esprit du législateur il ne pouvait être donné que
par le peuple. Des précédens historiques donnent une idée
de l'opinion politique du monarque, et cette opinion était
pour la constitution de 1791 modifiée par le *veto* absolu,
par le maintien de la noblesse déjà ressuscitée sous l'empire, par la création d'une chambre des pairs, par l'initia-
tive de la loi au pouvoir royal, par l'attribut particulier à
ce même pouvoir de déclarer la guerre et de faire les trai-
tés de paix, par le renouvellement quinquennal opéré ce-

pendant chaque année par cinquième , et par la nécessité
de choisir les électeurs parmi les citoyens qui payeraient
au moins trois cents francs de contribution directe , et les
députés parmi les plus forts contribuables.

Ainsi dans la pensée du législateur le peuple devait nommer les électeurs , et les électeurs devaient ensuite élire les
députés à la chambre.

Mais quand le moment fut arrivé de mettre en action
par une loi cette disposition intrinsèque de la charte, les
ministres se créèrent des fantômes ; et en 1817 nous enten-
dîmes les discours les plus éloquens en faveur du système
qui devait circonscrire, entre les cent mille citoyens de la
France , un droit que la charte n'avait point refusé, et
qu'elle reconnaissait dès lors dans son esprit, à cinq millions
de citoyens français.

Comme nos patriciens n'étaient pas encore satisfaits de
cette première réduction, parce qu'ils ne composaient pas
la majorité dans ces cent mille, et que des plébéiens en for-
maient le plus grand nombre , le peuple qui n'avait pas
donné sa démission , ainsi que l'a dit spirituellement
M. Chauvelin, mais auquel on avait donné l'exclusion,
espérant que ses intérêts seraient défendus par les députés
qui seraient élus par la majorité des cent mille , approuva
par son silence la loi des élections.

Tous les amis de la paix publique et d'une sage liberté
la considérèrent comme fermant le temple de Janus, et
comme suffisante pour donner à la France une chambre de
députés assez puissante pour maintenir la Charte constitutionnelle. Et c'est quand la France éleve de tous cotés
une voix forte et respectueuse pour le maintien de cette
loi, que les ministres du roi viennent l'attaquer !

Ce sont eux-mêmes qui reproduisent une question devant

laquelle ils avaient déjà reculé ! ce sont eux-mêmes qui veulent revenir sur la chose jugée !

Ils demandent les deux degrés d'élection, parce qu'ils sont, disent-ils, dans l'esprit de la Charte.

Si ces deux degrés d'élection doivent avoir lieu, eh bien ! qu'ils aient lieu ainsi que l'a voulu la Charte.

Que tous les citoyens actifs de France soient appelés dans leurs sections, et qu'ils procèdent à la nomination des électeurs qui ne pourront être choisis que parmi les citoyens agés de 3o ans et payant au moins 3oo francs de contribution directe.

Qu'auront les ministres à répondre à cette demande ? Est-ce que les quatre millions neuf cent mille citoyens actifs, auxquels la loi des élections avait fermé les portes de leurs sections respectives, que la Charte dans son véritable esprit, leur ouvrait successivement une fois dans cinq ans, ne payent pas les dix-neuf vingtièmes des impositions levées sur la France ?

N'est-ce pas dans les familles de ces citoyens actifs que l'armée française recrute les dix-neuf vingtièmes de ses bataillons ? Puisque *les français sont égaux devant la loi,* (art. 1er de la Charte) puisqu'*ils contribuent indistinctement dans la proportion de leur fortune aux charges de l'état,* (art. 2) puisqu'*ils sont tous également admissibles aux emplois civils et militaires,* (art. 3 de la Charte) pourquoi leur arracherait-on le droit de nommer leurs électeurs ?

Faut-il que le gouvernement ne les considère comme français et citoyens que lorsqu'il leur fait demander de l'argent par les percepteurs , ou leurs enfans par les préfets ?

Telles sont les réflexions que m'a suggérées l'attaque

imprudente que nos ministres dirigent contre la loi des élections.

Puisqu'ils veulent à toute force que la chambre des communes devienne une seconde chambre des pairs, il est de notre devoir de faire tous nos efforts pour que la chambre des députés soit et demeure, conformément à l'objet de son institution, la chambre des communes.

Je conclus, messieurs, à ce que la chambre des députés repousse le projet de loi présenté par les ministres sur un nouveau mode d'élections ;

Subsidiairement, et dans le cas seulement où la chambre des députés trouverait que les deux degrés d'élection doivent avoir lieu d'après l'esprit de la Charte, à ce qu'il soit fait par la chambre des députés, au roi, une adresse, par laquelle sa majesté serait suppliée de proposer un projet de loi, d'après lequel les citoyens actifs français seraient appelés à la nomination des électeurs qui, conformément à l'article 40 de la Charte, ne pourraient être choisis que parmi les citoyens français âgés de 30 ans, et payant au moins trois cents francs de contribution directe.

IMPRIMERIE DE MADAME JEUNEHOMME-CRÉMIÈRE,
RUE HAUTEFEUILLE, n° 20.